美院考试考题评析

MEIYUAN KAOSHI KAOTI PINGXI

色彩

何光 编著

广西美术出版社

图书在版编目（CIP）数据

色彩 / 何光，罗军编著. —南宁：广西美术出版社，
2005.7
（美院考试考题评析）
ISBN 7-80674-661-7

Ⅰ.色… Ⅱ.①何…②罗… Ⅲ.水粉画—技法
（美术）－高等学校－入学考试－自学参考资料
Ⅳ.J215

中国版本图书馆 CIP 数据核字（2005）第 090313 号

美院考试考题评析·色彩　　何光编著

主　　编：何　光
编　　委：何　光　谢小健　刘晨煌　周度其　雷　波
　　　　　苏剑雄　岑星品　曾　真　陈建国　罗斯德
　　　　　陈　川　蒋　仁　韦小玮　陈　战　韦扬锋
　　　　　刘奕进　廖　婷　劳宜超　黄　强　刘　佳
策　　划：杨　诚
责任编辑：吕海鹏
装帧设计：亚　鹏
封面设计：易　言　青　鸟
责任校对：刘燕萍　陈小英　罗　茵
审　　读：林柳源
终　　审：黄宗湖
出 版 人：伍先华
出版发行：广西美术出版社
地　　址：南宁市望园路 9 号
邮　　编：530022
制　　版：广西雅昌彩色印刷有限公司
印　　刷：广西民族印刷厂
版　　次：2005 年 8 月第 1 版
印　　次：2005 年 8 月第 1 次
开　　本：889mm × 1194mm　1/16
印　　张：5.5
书　　号：ISBN 7-80674-661-7/J·469
定　　价：30 元

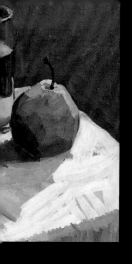

序

本书是根据近年和历年九大美院的考题编写的。九大美院是全国美术院校中的重点学府，它们的教学具有代表性和权威性，体现了各地美术教学的不同倾向和办学特点，它们既有联系又互相影响。而且，美术院校的老师在担任教学一线工作的同时，在全国美术创作中扮演着重要角色，引领美术创作的主流，集教学与创作于一体。他们的作品和教学理念为广大美术爱好者所熟悉和景仰，影响着学生的创作趣味和格调，构成学院美术的评判标准和审美尺度。本书除着重对此展开介绍以外，更结合分析美术院校历年的考题变化，印证其评分的标准和录取依据，并以具体的实战图例，有针对性地根据不同的题型(包括普遍的和特殊的题型)作深入的评析和研究，起到较客观的指导作用。本书不仅为广大考生了解各大美院提供了详细的信息，而且其中的图例可以成为大家学习临摹的范本。

目　录

一、中央美术学院·考题分析

（一）中央美术学院概况

中央美术学院是中华人民共和国教育部直属的唯一一所高等美术学院，于1950年4月由国立北平艺术专科学校与华北大学美术系合并成立。北平艺术专科学校的历史可以上溯到1918年由著名教育家蔡元培积极倡导下成立的国立北京美术学校，首任校长是徐悲鸿。这是中国历史上第一所国立美术教育学府，也是中国现代美术教育的开端。华北大学美术系的前身是1938年创建于延安的"鲁艺"美术系。

图1·
《老人像》
徐悲鸿

（二）中央美术学院色彩教学主张

徐悲鸿（首任校长）："大家都说我是写实主义者，不错，至少我承认，我于艺术，决不标新立异以自欺欺人，从事绘画的人，应该从造化和人的活动上仔细观摩。……多画，不要放松，然后会有真正的艺术发现。"（《国画与临摹——在新加坡"徐悲鸿教授作品展览会"上的讲话》，1939年3月15、16日新加坡《星洲日报》）"今天我替你们请来一位老师，他就是雨花台的石子，石子中的形与色的美真使人心爱，这就是上帝造物之美。我们若能从这中间研究美的规律，就更能了解其美的形和色，可以有极大的帮助，并且可以从这里建立一个图案的新的形式。"（《中大谈艺录》之一，1932年11月17日，费成武先生整理供稿，《徐悲鸿艺术文集》）

董希文（教授）："一幅画的色彩表情很重要，人有人的表情，色彩有色彩的表情。一幅画从远处看不清人的表情时，就先看到了色彩的表情，让人产生情感上的反映。"（李玉昌《董希文先生的艺术特色》）

罗工柳（教授）："画可分形、神、意三境。……（对西

图2·
《翻身农奴》
董希文

方那些尺度很大、数量很多的死静物画十分反感,称其为'菜摊'、'肉铺',)尽管它的写实技巧发挥得淋漓尽致,但却毫无神采,空陈形似,为最下一境。……第二境'神'可分两类,一类以形写神,另一类以神取形。……('以形写神')……其作画过程一般先冷后热。首先形要准,要准确处理形体、空间、质感、量感、色彩关系、画面结构等等,此时要兼顾到神,到作画后期,则要集中提神,要在调整和最后确定形的过程中,把对象的精神状态和艺术家的思想感情更充分、更生动地表达出来。这类画一般更工致、更写实些。我的《哥萨克人》属于此类。……('以神取形')……其作画过程一般先热后冷。艺术家首先被对象的风采、气骨、性格、情绪所打动,产生了强烈的主观情思和表达激情,作画直取其生气和神采而不求形的面面俱到。形没有准不准的孤立标准,形以神准而为准。靠着功力和学养,忘形而不失形,不顾形而形在把握之中,每着一笔,都要在看似狂放随意中兼顾到形光色、神情意。大体画完之后,由热转冷,对不周之处小心收拾,收拾重点在形,同时照顾到神。我的《维吾尔老人》属于此类。……第三境就是写意艺术,它要求更高的意象创造和意境创造,就像梁楷的《李白行吟图》那样。"(刘骁纯《罗工柳的传统观》)

钟涵(教授):"在自如地表现他们的主观态度、精神倾向方面,印象派显现出'写意'特色。一个意,一个写,有点像中国的文人画家。他们是一群……有文化修养的知识分子。他们坦诚地抒发自己的平常心态,画风就趋向自由洒脱,出现一种西方的书写性,他们重视走笔涂绘痕迹中的精神意味。这种与状物相结合着的有意味的走笔痕迹大大有别于先前那样的传统'工笔'方式,突出地成为绘画语言中合理的新东西。"(钟涵《我们还需要印象派吗?——"法国印象派绘画珍品展"观感》)

詹建俊(教授):"我处理色彩注意在生活真实的基础上去寻求与主观色彩相统一的结合点,希望能够在不破坏生活合理性的情况下进行艺术的夸张和渲染,使作品既易于理解又具有强烈的表现力,应当说在这方面随着时间的发展在我的作品中愈来愈显强烈。"(詹建俊《我和

图3.
《维吾尔老人》
罗工柳

图4.
《行舟与奔舟》
钟涵

图5.
《深深的蓝天》
詹建俊

我的画》)

靳尚谊(教授):"就油画来说,素描和色彩是一个完整的整体。最早的西方油画就是壁画,它的形和色彩是从哪里来的呢?是由现实生活的对象中来的,现实生活中就存在着真实的色彩和造型。"(《我学素描的体会·靳尚谊先生访谈录》,采访者:殷双喜)

图6·
《黄宾虹肖像》
靳尚谊

文国璋(造型艺术基础部主任、教授):"经过多年实践总结出一套行之有效的'色彩分析训练程序'。其具体作画步骤如下:

1.构图和轮廓。

2.重色块先行。

3.明确色彩高点。

4.灰色的分析训练:灰色是层次丰富、变化微妙的色相,在客观色彩中最为普遍,对灰色内含色相的感觉能力和控制灰色变化的能力,是检验一个人色彩能力和素养的重要标志。

在明确重色块之后,画面有了色彩明度比较的标准,而色彩高点的明确又为色相和色彩纯度提供了比较的依据。在这样的条件下,对于大量灰色的各种色彩内在成分的分析就可以比较容易地进行了。而且在对大量灰色推敲的过程中,可以逐步建立起色彩的整体观察方法和整体意识。

图7·
《小兄妹》
文国璋

5.色块的形成和色调关系的整体调整:从重色块开始便形成了第一个色块,之后在大量灰色分析过程中要有明确的色块意识,会逐步形成画面的几个不同色块。对画面的色块和色调关系的总体调整是一个重要的训练内容,决定着学生色彩感受能力的提高。

在此基础上,引导学生深入地认识色彩造型的主要特征。色彩造型语言的特征是以色彩在色相对比关系中的推移来表现形体和空间关系,它与素描造型中的体面推移相联系,在体面的明暗变化中加入色相变化的概念,画面中所有色彩因素的互相对比的空间关系是色彩推移进行色彩造型的依据。"(宋晓霞《在高等美术学院内部——中央美院教学个案研究之一:文国璋的色彩教学》,《美术研究》2002.2)

图8·
《小姗》
申胜秋

申胜秋(中央美术学院附中教师):"色彩知识在视觉开发中起到辅助作用,但莫奈并不是用理性的色彩知识来画的,他是用'眼睛来画的'。……后来的模仿者们效仿莫奈的色彩样式,而没有自己对描绘对象的感受……莫奈的艺术魅力在于色彩知识落实在感觉上。"(申胜秋《鹊桥相会——谈色彩写生教学中感性与理性的结合》)

马晓腾(中央美术学院教师):"有表达价值的造型肯定是形神兼备的。油画写生中的形与色分不开,下笔既是形,又是色。……有句话说:有什么样的形,就应有什么样的色。比如:客观写实的造型关系,就需有较为客观细腻的色彩描绘;夸张强化的造型关系就需要强化了对比关系的色彩来匹配,减弱光影因素;趋向于平面色块的色彩表现,就应在轮廓线的构造关系上下功夫,以达到完满统一的画面形式。"(马晓腾《关于油画肖像教学中的几个问题》)

图9·
《父亲像》
马晓腾

贺羽(中央美术学院附中教师):"面对一组静物,可以让学生先在小纸上画一下大的色调关系,以利于他们在大画面上能对调子有一个比较直接而到位的把握。而对于一个色彩写生经验不多的学生,还可以注意一下作画的步骤。最好是先从暗色调开始,因为重的色调在大关系中容易掌握。随后整体的色彩关系要尽快跟上,因为人的眼睛对物象注视久了,感觉的敏锐性会降低,不容易看出色彩层次上的细微变化。……另外,水粉干得快,一不留神就会衔接不上,所以要趁湿时将边线或过渡关系画完。……水粉的颜色可以画到很厚,类似油画的效果,但如果不尽可能一两遍就画准而寄希望于反复涂抹的找准,则很有可能画灰、画脏。水粉的一个优点就是颜色的透气、透明感,调和遍数过多就会丧失这一感觉……水粉画中无论以静物还是其他为对象,都只是一种手段。训练学生的色调感觉与色彩感觉关系把握能力才是目的。"(贺羽《关于水粉的教学》)"……学生还会觉得画深入是唯一值得肯定的能力。不错,这个能力很重要,但能归纳与概括形,恰当地处理好局部与整体的关系,画面表现出丰富而有序的节奏变化,这种能力却更重要。"(贺羽《关于美术基础教学的几点感想》)

图10·
《秀秀》
贺羽

图11·
《斯塔索夫肖像》
列宾

（三）中央美术学院的色彩标准

中央美术学院的色彩基础教学沿袭着传统的体系，即徐悲鸿的"法派"和俄罗斯的"苏派"，两者都提倡写实，注重含蓄。徐悲鸿讲究虚实，造型严谨；"苏派"有着"高级灰"的用色倾向，在教学上有"画素描，写油画"的用笔特点。马克西莫夫在中央美术学院执教时，就主张从生活出发，要求学生对生活有了感性的认识后才动画笔，许多现场写生作品都是根据观察、感受，凭借形象记忆力完成的。在中央美术学院的色彩基础教学中，文国璋的色彩教学法得益于对传统基础教学的总结，充分体现了传统的魅力，加上新时期大批年轻教员在教学上发挥着越来越大的作用，带来了艺术教学的新思维、新经验，形成了准确、厚重、质朴、鲜活的教学特色。

图12·
《北京家中》
戴士和

另外，关于录取标准的最新动向，引用戴士和（中央美术学院教授、造型学院院长）2004年10月18—19日在"2004全国高等美术院校版画教学与创作年会"上的发言："2004年，我们已经在本科生的招生上有了一些改变，现在跟各位介绍一下。以往我们招生时，先按照素描、色彩、创作和速写四门成绩总和排队，然后再按文化课分数线招收。今年我们做了很大的改动，就是照顾偏科的学生，考生中单科成绩名列前茅者都要加10分，这样也不至于其他科目成绩不理想，而不被录取。每一个科有十八名到二十几名以内，四门加起来，有大约六七十名。与过去相比，现在我们补分补得都比较多。文化成绩总分名列前茅者，专业成绩只要入围一概录取。尽管有些阻力，今年试行下来，我们感觉它挺好。我们不是鼓励学生偏科，我们希望学生全面发展。……我们应该看到，有些目前不平衡的孩子有着全面平衡的前景，不应该由于他们一时的不平衡就将他们拒之门外。实行

图13·
《人像（李娜）》
吴作人

以后，学生中也有一些积极的反响，新生六百多人中，有百十个学生单科比较强，入学以后也比较骄傲，很愿意在这方面保持自己的优势，而不是每年都招一些四平八稳的同学，不能把四平八稳的同学作为美院招生的主要类型。"（《北方美术》，《2004全国高等美术院校版画教学与创作年会纪要（节选）·互动与转换——当代版画的现状与

图14·
《白芍药》
卫天霖

走向》)

(四)考题分析

从历年试题反映出女青年胸像(带手)和女青年头像几乎是纯绘画专业必考的内容(其他专业也考静物或风景)。这是色彩考试中最具难度的考题,考生没有良好的造型能力、色彩修养和一定的时间积累(很多考生考了几年)想达到要求是不可能的,因为学院的要求不会向考生妥协。大家除了勤奋,必须用心去研究经典、研究徐悲鸿、研究"苏派"和美院的优秀作品、优秀的考卷。

(五)历年试题

1996 年

油画系

油画写生:人物头像。

版画系

色彩写生:一个透明玻璃杯,里面盛有水,一个梨,一块白衬布。

壁画系

色彩:水果静物。

1997 年

油画系

油画写生:人物头像。

版画系

色彩:葡萄(衬报纸)。

壁画系

色彩:人物头像。

1998 年

油画系

油画写生:肖像。

版画系

色彩:黑白灰中的色彩、色彩中的黑白灰。

壁画系

色彩:人物头像。

设计系

色彩:静物默写。画面必须出现橘子、苹果、布、罐子四种物品。

2002 年

色彩：含有树、山、房屋、小路的风景两张(阴天、晴天)；一个四分之三圆与方相切，作为顶视图空间，工人与天空。

2003 年

色彩：女油画头像。

2004 年

色彩：女青年头像写生。

2005 年

色彩：女青年胸像。

中央美术学院

地址：北京市朝阳区花家地南街 8 号

邮编：100102

电话：010—64771056、64771057、64771058

色彩考题：一个透明玻璃杯，里面盛有水，一个梨，一块白衬布　作者：何光

作品点评：

　　这幅作品，作者抓住了物体的质感来表现，把玻璃杯的光滑和透明表现得恰到好处，梨子的表皮比较粗，所以高光和反光都不明显，作者也注意到了在刻画时与玻璃的表现方法和用笔上有了明显的区别。

色彩考题：女青年胸像　作者：何光

作品点评：

　　作者从大关系入手，区分了头发、衣服、脸部和背景的黑白灰，黑白调子既有层次区别又和谐统一，灰色背景处理得有空间感，整幅画笔法松动自然。

色彩考题：女青年头像写生　作者：何光

作品点评：

　　这是一幅色调关系和谐、造型严谨、结构准确的作品，作者在头、颈、衣服的主次关系上处理得较好，次要的地方(如左肩、辫子)的处理值得借鉴。

色彩考题：女油画头像　作者：雷波

作品点评：

　　这幅画色彩关系整体简练、结构转折清快，对形体的表现是肯定的，衣服的关系(包服和颈的关系)基本以大色块来表现，作品省多余的细节，使主体得到了充分的突出，形合及肤色的质感表现得生动具体。

色彩考题：女油画头像　作者：何光

作品点评：

　　作者用很轻松、整体的笔调，把人物的特征和眼神较生动地表现出来，画人物头像时，人物的眼睛怎么样刻画得生动有神的同时，还能把对象的特征表现出来，这是很多考生都感到头痛的问题，这幅作品的作者就很好地解决了这个问题。

色彩考题：女油画头像　作者：何光

作品点评：

　　这幅画色调整体简练、结构转折清晰明快，对人物的表现是肯定的，用笔和色块都很好地交代了人物形体结构。

二、中国美术学院·考题分析

（一）中国美术学院概况

　　1928年，卓越的教育家蔡元培、林风眠先生，选址杭州西子湖畔，创建了"国立艺术院"（中国美术学院的前身）。它是我国第一所综合性的国立高等艺术学府，以兼容中西艺术、创造时代艺术、弘扬中华文化为办学宗旨。几十年来，学院十迁其址，六易其名：1928年，国立艺术院；1929年，国立杭州艺术专科学校；1938年，国立艺术专科学校；1950年，中央美术学院华东分院；1958年，浙江美术学院；1993年，中国美术学院。首任院长是著名画家林风眠，黄宾虹、颜文樑、潘天寿、吴大羽、陆俨少、肖峰等大家曾在该院任教。

图1·
《静物》
林风眠

（二）中国美术学院色彩教学主张

　　林风眠（首任院长）："学画不外两方面，一方面是从自然学到东西，一方面从历史学到东西。中国画的学习偏重历史，西洋画是重自然的，但如果推到最初的中国画仍然是从自然中取到东西，一定要从自然里面来，一定要从生活中来。种花、爱花，才能画花，否则表现出来的花也是没有生命的花，死的花。杭州艺专的动物园就是为了动物写生服务的，有鸟、有羊、有白鹤，还有鹿。最初学画当然可临标本，画死的。中国画和西洋画作风不同，出发点不同，我认为主要是从历史经验拿东西和向自然拿东西之不同。"（李树声《访问林风眠的笔记》，《林风眠研究文集》）

　　颜文樑（历任副院长兼教授）："有人主张不写生亦可创作，且能臆造。殊不知创作臆造必须有浓厚的根底。现在所练习的写生，是为将来的成就打基础。我国古人作

图2·
《威尼斯圣
保罗教堂》
颜文樑

画，虽然多凭记忆，但他们也要饱游名山大川，细察人物姿态，故能画出好的山水人物。如果单凭想像和临摹，则所成有限。对景写生可以提高自己对事物的认识……"

全山石（教授）："在不断的实践中我逐渐领悟到，关键在于探索规律，只有找到明暗、解剖、结构、运动、色彩等规律才能举一反三，就不会被表象迷惑……大师的作品无疑是最好的教材。……如果说提香的作品使我领悟如何运用色彩和笔触，组织统一的画面，那么与提香一脉相承的委拉斯开兹的作品则启示我如何面对生活，用宽大的画笔准确迅速地捕捉人物的情态，用艺术的语言表现我心目中的形象。"（全山石《用色彩描绘彩色的世界——全山石自传》）

图3.
《老艺人》
全山石

周刚（副教授）："大而言之，世界是一个整体，所有的物象彼此都有关联，仅就一组静物而言，同一环境下物象之间的各种色彩必然互相关联，互相影响。"（周刚《设计色彩教学阶段划分和教学目的、教学方法》）

陈宁（教授）："色彩基础教学应注重最基本的两点：1.色调问题；2.整体地观察和表现问题。……(1)色调。指的是画幅给人总的色彩感觉，也就是大的色彩效果。这是绘画中色彩的总和。……色调的形成，与光的照射、环境色的互相映衬及空气的笼罩等因素有关。其中光源色影响最大：光源色冷暖明确者，色调服从光源色，即光源色是暖的就形成暖调子；光源色是冷的就形成冷调子；光线强就形成亮调子；光线弱就形成暗调子。光源色倾向微弱或近于无色者白光，物体本身的色相便成为色调的主宰。……主调决定了全局，它与辅调相互对比又相互衬托，相互影响又相互渗透。……个别色彩跑离整个色调而跳了出来，便会使人感到很刺眼、不舒服，因为它破坏了画面的整体与统一。……(2)整体地观察和表现。观察色彩应要有全局观念……要使次要从属于主要，局部从属于整体，这一方法必须贯穿于作画的始终。""①要迅速敏锐地抓住对象色彩总的倾向，确定其基调……分析各部分大的色彩联系才能有一个正确的前提，这就是通常所称的色彩'大关系'。在学生作业中，

图4.
《肖像》
周刚

图5.
《色彩作业》
蔡淑明

应始终把握色彩、素描的大关系。②在确立'大关系'的前提下，分析研究局部色彩关系时，通常可从四个方面进行比较：a.比色相；b.比明度；c.比色性；d.比纯度。……通常为明暗接近比冷暖，冷暖接近比明暗。……③用色彩塑造型体及视觉中心的把握。一幅好的习作除大关系好，局部色彩关系正确之外，质感的表现、形体的塑造及以视觉中心为前提的虚实关系的把握都极为重要。"(陈宁《高等美术院校附中色彩基础教学的构想与实践》)

图6·
《色彩对比》
徐明慧

徐明慧(讲师)："表现对象的体积感时，可先从暗部着色，进而推向中间色和明亮色彩……暗部色彩力求含蓄、深沉、透明，注意强化整体色调，尽量做到一气呵成，在表现过程中始终注意对色彩的第一印象。因为色彩的感觉因素与色调的运用对画面的效果有直接影响。表现主要物体时，笔触既要明确肯定，又要丰富多变。次要部分，如背景，陪衬用色要单纯、概括，笔触可简洁、朴实，整幅画的节奏应有轻有重，有张有弛，主从分明。……一切用色技巧的最终目的都是以完成好的色彩效果为目的。"

图7·
《静物》
金阳平

金阳平(中国美术学院附中教师)："当你观察物体的时候，要有选择地观察，不可以机械地把你所看到的全部物象描绘在画布上，而画布上呈现的应该是你对对象理解及思考的结果。……一个初学者会一点一滴地去画对象，而一位画家也许就从对象的亮部和暗部色块入手，找出它们之间的比较关系。"(金阳平《油画静物教学方法手记》)

房爱(中国美术学院附中教师)："另一个较突出的问题是，将构成画面主色调的衬布的色彩、纯度画得过高或明度画得过重，它使得衬布上的水果或罐子等主体的色彩关系或明暗关系变得很难处理，最好将主色调衬布处理成中间色。明度不要过重，纯度不要过高……另外，在色调组织的过程中，可以用几块同类色来组调，也可用几块邻近色来组调，同时注意区分它们之间的明度和纯度。……其次，色彩的协调是最具美感的，因此画面中对比色的运用要有分寸，注意取舍，不同的色彩间注意

图8·
《静物》
房爱

相互穿插。"(房爱《谈毕业班色彩教学》)

(三)中国美术学院的色彩标准

中国美术学院的色彩基础教学传统上有：林风眠(平面、表现)、徐悲鸿(写实)、博巴(结构)、苏派(灰色调)，及至20世纪90年代 "具象表现绘画教学方法" 的试点推行，逐步形成了既扎实(形色结合)，又注重观察、理解方式(色调)，强调表现性(笔法灵活)的教学特点。注重借鉴和研究现代、当代大师，呈现出明显的现代感和当代性特征。

(四)考题分析

从历年试题来分析，中国美术学院比较注重考核考生的色调能力，对各种色调的和谐处理和准确把握，可以说这是考生的弱项。水粉静物写生是考生接触较多的课题，但是很多人在平时训练中还是弄不清楚色调问题，对于色调变化的道理、规律掌握不多，相应的处理办法也较少，而且试题所规定的静物较有难度(如各种花、餐桌、不同样式的花瓶、不同质感的壶等等)。

(五)历年试题

1987 年

静物写生：水果与花。

要求：形式写实、描绘精细，用八开纸作水粉画。

1997 年

色彩静物写生：深灰蓝色衬布作背景，暖灰色衬布铺于台面上，另一块白色衬布自然置于台面左侧，六本十六开的书自然靠后，四个苹果放在白布上，其中一个放在小白盘内，两个放在右前的灰色布上，一把水果刀放在旁边。

时间：四小时。

1998 年

版画专业

色彩静物默写：橘子、苹果、水果刀、白盘子、白灰色布、蓝灰色布任意组合。

时间：四小时。

图9.
《米嘉莫洛佐夫像》(局部)
谢洛夫

1998 年

服装专业

色彩静物写生：一块红布、一杯牛奶、一块面包、两个鸡蛋、一把勺子的组合。

时间：四小时。

1999 年

绘画类

色彩静物写生：萝卜、青菜、大蒜、酒坛、灰布等。

时间：四小时。

1999 年

工艺类

色彩静物写生：灰布上一篮水果。

时间：三个半小时。

2001 年

版画、综合绘画专业

色彩静物写生：白衬布一块、砂锅一个、酒瓶一个、玻璃杯一个(内盛橙汁)、白瓷盘一个、大叶树枝。

时间：四小时。

2001 年

另一考点

色彩静物默写：若干个橘子、一个水果盘、一个装有橙汁的玻璃杯、一个深色罐子、一块白布。

时间：四小时。

2002 年

色彩静物默写：三个陶罐、三个水果放在窗前。

时间：四小时。

2002 年

另一考点

色彩静物默写：一个深色陶罐，三个番茄，若干个土豆、青椒、胡萝卜，一个蓝色花纹碗，一块浅蓝色布。

时间：四小时。

2003 年

色彩静物写生：五个梨、一灰色花瓶内插一束黄花、一个杯子、一块暗红色衬布、一块红色衬布。

2003 年

另一考点

水粉静物写生：黄灰色衬布上三个不同样式的花瓶、一个白瓷盘、一个白茶杯、五个苹果。

2004 年

南山校区油画专业

色彩：一个银灰水壶，一个白色茶壶，一个牛奶杯，两个鸡蛋，一张餐桌，一块暖灰布。

南山校区综合绘画专业

色彩：《餐桌一角》。浅灰色大花瓶一个，白色花瓶一个，三个青苹果，两个梨，一个橘，一个玻璃杯里有半杯橙汁，浅蓝色和白色衬布各一块。

南山校区多媒体绘画专业

色彩：两个黄苹果、一个红苹果、一个奶杯、一束菊花、两朵红玫瑰、一朵白玫瑰。

滨江校区综合设计专业

色彩：暖色台布，一个插满黄色和白色花的花瓶，一个酒瓶，一个装着红酒的高脚杯，一个装着各种水果的果盘，若干水果散落在果盘周围，一条围巾随意放在桌上。

2005 年

综合绘画专业

水粉静物写生：绍兴酒罐或孔府酒罐一个，大白菜一棵，小红辣椒三个，白萝卜四个，洋葱两个，大葱两根。

要求：以写实的表现手法，用色彩整体地表现特定光源下对象的画面色彩关系。

油画专业

油画色彩：着羊毛衫的女青年胸像。

要求：1.构图完整，形体结构基本准确，形象肖似。

2.色调明确、和谐，画面具有整体感。

中国美术学院

地址：杭州市南山路 218 号

邮编：310002

电话：0571-16885100

色彩考题：静物写生　作者：何光

作品点评：

　　作者对整幅作品的色调把握得比较好，对衬布的处理采用对比色，不仅丰富画面更有助于拉开画面的整体空间。

色彩考题：水果与花　作者：刘晨煌

作品点评：

　　作者对环境和花的整体关系把握得很协调到位，花是很容易画碎的，特别是花瓣多的花，这里作者注意到花的整体色彩和色彩关系上的变化、色相上的对比，把花的层次关系和空间关系明确地表现出来。

色彩考题：餐桌一角　　作者：何光

作品点评：

　　这张作品有一定的厚重感，对主体静物作了较充分的刻画，用笔、用色根据形体起伏而有变化，表现出各个静物的特征。

考题：水果与花　　作者：何光

点评：

画很多静物时，静物的质感是不少考生难于把握的。这幅

作者就很好地把握了各个静物的质感，花、瓦壶和陶瓷碗的

质感作者表现得十分恰当，橘子和梨是次要的物体，作者用

概括的笔法表现得很好。

色彩考题：一个银灰水壶，一个白色茶壶，一个牛奶杯，两个鸡蛋，一张餐桌，一块暖灰布   作者：何光

作品点评：

　　该画不仅成功地刻画了作品整个的空间关系，还注意到画面节奏的把握、前后物体间的虚实、色调的深浅和细节的概括。

色彩考题：一个银灰水壶，一个白色茶壶，一个牛奶杯，两个鸡蛋，一张餐桌，一块暖灰布　　作者：何光
作品点评：

　　作品是暖灰色调，作者以较概括的色块来表现对象，较好地刻画出形体关系。作品色块明确，在画面上起到提神的作用，在主次关系上没有多余的语言。

三、鲁迅美术学院·考题分析

（一）鲁迅美术学院概况

鲁迅美术学院的前身是1938年建于延安的鲁迅艺术学院，由毛泽东、周恩来等老一代无产阶级革命家亲自倡导创建。毛泽东同志为学院书写校名和"紧张、严肃、刻苦、虚心"的校训。1958年发展为鲁迅美术学院。

（二）鲁迅美术学院色彩教学主张

乌叔养（教授）：1933年赴日本东京专科学校西画系学习，1936年回国。约于1956—1966年间提出绘画的"八要八不要，八要就是：'计划周到处处落实，有条不紊渐入佳境，胸襟宽大不拘小节，大胆落笔小心收拾，全面包围重点深入，声东击西欲擒故纵，整顿巩固不求冒进，可进可守留有余地。'八不要是：'盲人瞎马乱碰乱闯，无的放矢自找麻烦，迟疑不决涂抹再三，粉饰太平自欺欺人，芝麻西瓜随手便抓，贪小失大碍手碍脚，精神涣散不求甚解，先热后冷勉强完成。'"（乌密风《我的父亲——乌叔养教授的教学与创作》）

马克辛（教授）："……让其（色彩）协调起来，合乎自然规律，办法是很多的：调整面积比例；调换颜色；增加协调的中间色（金、银、黑、白、灰）；避开燥色相遇；增加色彩之间的过渡秩序（明度、纯度、色相的渐变）；色彩位置的移动都能使其达到协调的目的。"（马克辛《综合性色彩构成配色法训练》）

李丽露（副教授）："要求学生多画小色彩稿，画出同一静物多种不同效果的色彩稿来，在画'正稿'的过程中，要保持小色彩稿时的新鲜感受，应注意从两个方面加以强调和训练。一是分析光色效应，二是作画时排除表面光影变化，关注单纯的大色块构成……所谓整体是由

图1.
《自画像》
乌叔养

图2.
《金秋傍晚的联想》
张庆扬

图3.
《静物》
李丽露

物体间相互比较调整而得出的。在此，值得指出的是整体的色彩观察及表现，是基于整体造型因素的观察和表现基础之上，体现出'色'、'形'不可分的道理。"(李丽露《静物色彩教学浅谈》)

张志坚(讲师)："绘画技巧是情感的直接表现形式，它的目的是要创造出一种直接诉诸于视觉的形态。这种形态是一种与参照物等效的感性印象，而不是与参照物绝对相同的物象。这种形态能够将画家的情感清晰本质地反映出来。完备的绘画技巧和完美的静物摆放也是围绕着画家的情感而动作。"(张志坚《静物油画的再认识》)

权弘毅(鲁迅美术学院附中教师)："我力图让学生从整体的色调关系以及构图上入手，主观生动地处理画面，避免因被动的描摹而忽视色彩间的协调关系。引导学生建立协调的色彩观念。带石膏的静物是静物画中比较复杂的一种，画面的摆置是以石膏为主，暖色灯光为重要光源的。应注意避免学生过分注意石膏像的素描关系而忽视了色彩上的变化。"(《美苑》2003.3，孙文超等《附中基础课教学谈》)

谢一帆(鲁迅美术学院附中教师)："色彩初级阶段的教学首先是要培养学生正确观察色彩的方法，同时引导学生对色彩美感的追求。学生必须懂得基本的色彩原理，但要把色彩原理切实结合于写生之中才能让学生真正理解色彩。教师不能刻板地强调色彩原理，这样容易导致学生忽视眼睛的感受而概念地运用色彩。随着学生对水粉工具材料运用的熟练，造型能力的提高，教师应当帮助学生提高画面的处理能力，丰富表现手段，创造出优秀的艺术作品。"(《美苑》2003.3，孙文超等《附中基础课教学谈》)

(三)鲁迅美术学院的色彩标准

鲁迅美术学院的教师的色彩作品在对形的刻画方面偏向具体化，表现手法概括、浑厚而有体量感，具有色彩准确、沉稳，造型质朴、凝重的地域特点。

(四)考题分析

鲁迅美术学院历年试题以带石膏的静物写生为主(近

图4·
《记忆中的岁月》
张志坚

图5·
《人像》
权弘毅

图6·
《守望者》
韦尔申

年偏重考人像写生),都属于难度较大的课题。画带石膏的静物,应注意处理好石膏像与环境的关系,同时比较亮部和暗部的补色关系,但又不能孤立地只画石膏像而忽略其他物体;人像写生要注意形象特征和整体色彩关系(背景、头、颈、肩)的宏观把握。

(五)历年试题

1992 年

静物写生。

内容:布鲁德石膏像、白色衬布、白色餐盘一个、透明玻璃杯一个(内装椰汁)、深色小罐一个、山楂七个、柑橘五个(切开一个)、餐刀一把、梨三个。

1993 年

静物写生:蓝灰色衬布一张、柠黄色衬布一张、布鲁德石膏像、白盘子、水果若干、一杯橘汁和一个重色高颈瓷瓶。

2001 年

色彩:青年武警战士头像写生。

时间:三小时。

2003 年

色彩:男青年头像写生。

时间:三小时。

2004 年

色彩:人物头像写生。

鲁迅美术学院

地址:沈阳市和平区三好街 19 号

邮编:110004

电话:024-23930043

（六）考题实战点评

色彩考题：色彩静物写生　　作者：苏剑雄

作品点评：

　　该画色彩感觉较好，灰色调子画得淡雅而不失稳重，不仅成功地刻画了形体空间关系，还注意到画面节奏的把握、边线的虚实、色调的深浅和细节的取舍。

色彩考题：青年武警战士头像写生 作者：何光

作品点评：

作者重点刻画和塑造了头部，尤其是对五官特征的表现，直接从感觉最敏锐的地方展开刻画，这是一种比较主动的作画方式，其他的都用大笔概括，这样显得疏密有致。

色彩考题：男青年头像写生　　作者：何光

作者点评：

　　这是一幅色调关系和谐、造型严谨、结构准确的作品，更重要的是人物神态特征、对头部微微倾斜动势的成功把握，可谓形神兼备。

色彩考题：男青年头像写生　作者：何光

作品点评：

　　这是一幅逆光的作品，作者成功地把握了画面的主色调，并没有因为光线的问题而把对象画灰画暗。

色彩考题：人物头像写生　作者：何光

作品点评：

　　明暗、色块根据形体结构变化来处理，如颧骨的厚度、嘴和鼻子色调的对比、两眼的空间关系、对人物眼神的刻画等，都充分表现了老年人的特点。

四、四川美术学院·考题分析

（一）四川美术学院概况

　　四川美术学院的前身最早可追溯到有着浓厚西学传统的"中华工艺社"与南虹艺术专科学校。1938年，李有行等六位留学青年在成都创办了"中华工艺社"，并于1940年发展扩大为四川省艺术专科学校。与此同时，由留日艺术家赵治昌等创办的南虹艺术职业学校也是名家荟萃之地，后发展为南虹艺术专科学校。1950年，四川省艺术专科学校与南虹艺专合并，更名为成都艺术专科学校。同年，由贺龙、刘伯承元帅创办的西北军政大学艺术学院的一部分艺术骨干战士随军南下，在重庆黄桷坪创建了新型的西南人民艺术学院，并于1953年和成都艺术专科学校合并，成立了西南美术专科学校。1959年，西南美术专科学校更名为四川美术学院，并设置为本科院校，成为当时全国五大美术院校之一，也是西南地区唯一的高等美术学府。

（二）四川美术学院色彩教学主张

　　庞茂琨(教授)："要让学生能动地把握各种色彩关系，必须从以下几方面入手。首先，要建立好色相秩序，其中包括各固有色的面积、主次、组合等关系；其次是建立明度秩序和纯度秩序，其中包括各色相的黑白灰层次、纯度的强弱等；第三是建立对色相、明度、纯度有序的美的组合，即特定色调的构成；第四是建立和控制各色彩区域的变化和统一的秩序，其中包括每一色域的冷暖的变化以及这种变化与整体统一的关系。"(庞茂琨《色彩随想》)

　　张杰(副教授)："一种特定的色彩，总有一种相对应的补色，当一种颜色强烈地刺激你的时候，你的视力就需要有相应的补色对其特定的色彩进行平衡和补充。如

图1.
《父亲》
罗中立

图2.
《红袄女子肖像》
庞茂琨

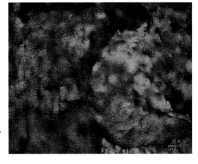

图3.
《多梦女孩》
张杰

果这种补色没有出现，视觉将会有强烈的需要将它产生出来。这是欣赏者生理的需要，也是画面色彩交响的需要"。(张杰《色彩教学的三个层次》)

许世虎(教授)："在作画之前，要将静物之间的各种关系进行整体观察和分析,把握局部与整体的相互关系,这是唯一正确的观察方法……要从色彩诸因素的相互联系中观察色彩。从整体着眼，相互联系、相互比较地进行观察……一幅优秀的静物画，应该是充满生机的，画面要有虚有实、有主有次。既有丰富感人的不同质感，又有瑰丽夺目的色彩。写生的过程是美的感受过程，要重视个人感受，努力将自己对物象的感受反映出来，这幅画就算完成了。"(许世虎《水粉静物写生教学》)

图4.
《静物》
许世虎

李嘉充(讲师)："我在讲课中注重色调和色彩的关系，经常讲冷暖、明暗、鲜灰、虚实。于是，每组中色彩搭配十分重要。我们应让画面亮起来，有几块漂亮色块，色彩是对比的，有黄必有紫，有绿必有红，色块必须要碰撞，或直接碰撞，或间接碰撞。……当画面构图、线条都已画好，进入铺大色块的阶段时，应停下来，通盘考虑，做到心中有数。思考得更具体一些，对技巧、意境进行把握，对好的艺术品欣赏参考……对于素描基础弱的学生来讲,还应将复杂的造型用线分得更具体一些，不然一笔下去，又要解决形又要解决色，难度就增大了。对整幅画有了较明确的想法，就从暗部或中间色画起，同时要注意线与块面的巧妙结合，不要将线盖完，也不要留出死板的线。铺大色块应尽力一次画准画好，不要作过多的与最后要留的色块差距太远的色。在这一阶段先湿画薄画，不加或少加粉，暗部利用纸的白色，使其半透明，而后逐渐画干画厚……深入刻画阶段是最磨炼人的，反复训练，才能逐步提高。在这个阶段要敢于画，不要过于谨小慎微，怕把画画坏了。如果把大色块一摆，看看效果大概也可以，便不想深入刻画，很难再上一个台阶。……缺少信心，见不得失败和挫折，动辄换纸，又从零开始，次次原地踏步，冲不过这一关，就不会有成功的希望。"(李嘉充《色彩课——从摆静物谈起》)

图5.
《静物》
邓忠

翁凯旋(教授)："色彩存于关系之中，这就要求学生

图6.
《布拖坝子
——绿色畅想》
侯宝川

对色彩组成的色调有所认识，对色彩之间相互关系有所认识，对色彩与构成、色彩与空间关系有所认识，以及由于色彩面积的大小、明度、纯度的变化所造成的视觉感受和心理反应上的变化有所认识。"(翁凯旋《分解—联系——色彩教学的针对性与可操作性》)

图7.
《静物》
王强

程丛林(教授)："我并不打算用密密麻麻的人头去显示能把观者'累'死的本领，更不准备用精微的细节和周密的刻画去委屈观者的想像力。我希望获取这样的效果：画得不多，感觉却丰富；画得轻松，但仍不失力度。"(程丛林《我和我的两张画》)

(三)四川美术学院的色彩标准

在四川美术学院的教学史上，李有行前辈曾经首创了"限色"教学法，以局部"限色"达到整体色彩关系的丰富和谐；在中国美术界，"川美"一直是充满活力的群体，曾经主导和推动过伤痕美术(或曰"乡土美术"、"乡土写实主义")和"四川画派"，涌现了罗中立、程丛林、高小华、何多苓、朱毅勇、王龙生、庞茂琨等一大批具有全国影响力的画家，他们的作品常流露着不拘一格的品质，而又那样朴实淳厚。

图8.
《莫斯科的回忆》
俞可

(四)考题分析

这些年四川美术学院的考题中较多地出现一些日常用品(如塑料袋、白纸、书本等)，这种内容考生较少接触，在质感表现上有一定的难度(平时多注意观察不同物体的质感)；另外，半写生半默写也考查到构图的主动性，既需要写生能力也需要默画能力，还需要处理好写生部分和默写部分的协调关系(从整体色调考虑)、主次关系(要确立主体物)，使画面多样统一。

(五)历年试题

1998 年

色彩：在一块带装饰花纹的桌布上，以一杯白水、几粒药片、几本书(其中一本打开)为主，组成一幅暖色调的静物画。

时间：三小时。

1999 年

色彩：自选一组水果(不少于三个)，以此为主体，配以两件器皿，安排适当的背景和衬托物组成画面。

时间：三小时。

2001 年

色彩：一块蓝色碎花衬布上，放有一瓶红葡萄酒，一个玻璃酒杯，一个白色瓷盘，一把水果刀，另有五个黄梨、两个香蕉自然散落其间。

要求：色彩关系明确，色彩内容响亮，手法写实，造型完整。

2003 年

静物默写＋写生：写生部分，橘子、辣椒各两个，大蒜一瓣，白纸一张；默写部分(给出照片)，白瓷碗一个，深色陶罐一个，大白菜一棵。

2003 年

另一考点

色彩：静物默写＋写生。

给出的静物：两个苹果、两个橘子、一个梨，自由组合，并添加上图中所给的三个静物，不得多不得少(图中的台面上有一把水果刀、一瓶可口可乐、一个瓷盘)。

时间：三个半小时。

2004 年

色彩：静物写生。

静物写生：四个西红柿、两个洋葱头、一个装着可口可乐的瓶子，瓶子下垫有透明塑料袋(以上物品皆放在一张白纸上)。

时间：三个半小时。

2005 年

静物写生：三个梨，两个苹果，一个橙子，一个菠萝包，一个纸杯，以上物体均放在一个垫着一张报纸的黑色塑料袋上。

四川美术学院

地址： 重庆市九龙坡区黄桷坪正街 108 号

邮编： 400053

电话： 023—68520038

色彩考题：静物默写＋写生　　作者：劳宜超

作品点评：

　　作者没有盲目地去画对象，而是通过自己的绘画知识，主观地把画面处理成冷调子，突出写生的橘子、辣椒，找出它们与其他静物之间的关系，使画面有冷暖、有对比、富于节奏。

色彩考题：静物写生　　作者：何光

作品点评：

　　这张画作者着重刻画了前面的静物，后静物则用大色块概括，笔法生动自由，让人这幅作品时感觉到松紧得当。

色彩考题：静物写生　作者：何光

作品点评：

　　这张作品注重形色结合的完整性，围绕物体的结构来刻画，下笔肯定准确，用笔较干，使物体显得很厚重，有油画的效果。

色彩考题：静物默写＋写生　作者：黄强

作品点评：

　　作者注意观察各个静物之间的关系与色彩变化

观降低了橘子、辣椒的色相，使画面更加整体。

五、广州美术学院·考题分析

（一）广州美术学院概况

　　广州美术学院是广东省所属的一所美术系科设置齐全的高等美术学府，始建于1953年秋，其前身是中南美术专科学校。该校由华南文艺学院、中南文艺学院和广西艺术学院的美术系、科调整合并而成，原校址在湖北武昌，1958年迁校至广州，同年8月更名为广州美术学院，并开始招收本科生。首任院长是胡一川。

图1·
《怡春园》
胡一川

（二）广州美术学院色彩教学主张

　　杨秋人：主张作品造型夸张，色彩沉郁，单纯有力。

　　王肇民（教授）："矛盾统一，是最高的指导，用色如此，构图如此，犬牙交错，大小相间，虚对实，红对绿，白对黑，都是这样。"（《风格人生——王肇民》，《中央电视台·美术星空》专访实录）"我本来画水彩之前就立下志向，即要当全国第一名水彩画高手。果然，几年功夫，我就做到了。所仰仗的就是我的素描功夫硬挺。"（王肇民《王肇民艺术展前言》）

图2·
《水电站
工地之晨》
杨秋人

　　龙虎（副教授）："……边线处理没有虚实变化，这也是缺少节奏感的例子，或者画面从头到脚呆板，没有变化，没有虚实关系，也就没有了节奏感。或者在色彩的处理上平均，没有空间、前后关系，或者从素描的角度考虑没有明确的黑白灰以及主次之分，都可以统称没有节奏的美感。还有诸如构图的变化、物体大小的关系、疏密关系以及用笔的大小不同方向、含蓄或明确的笔法等等，都可以纳入节奏的范畴。……在作画过程中明暗的对比、色彩的饱和度（鲜明度）作适度的强调和夸张，这样在作品干透后，会达到或者接近自己心意的结果，至少要调整的地方不多，这是经验之谈（它需要时间去尝试和

图3·
《潮州柑》
王肇民

研究)。"(龙虎《水彩人物画初探——对水彩画观念的辩证剖析》)

郭绍纲(历任院长、教授):1955年至1960年由国家选派赴苏联列宾美术学院留学,专攻油画。提倡契斯卡科夫教学体系。主张"求意、定调、造型","赋色有序"。

(三)广州美术学院的色彩标准

广州美术学院20世纪50年代建校以来沿袭中央美术学院的教学传统和契斯卡科夫教学体系,其色彩教学建立在具象写实的基础上,作品注重对形体结构的感性理解和黑白灰的主动处理,手法粗犷硬朗而不失细节,用色较为尊重客观,造型略带唯美主义倾向,用笔严谨中突出表现性特征。

(四)考题分析

广州美术学院的历年素描试题基本上是静物写生。近年出现了静物按一字平列排放、由考生自由构图进行写生的题型。很明显,这种题型一般是侧重考查学生的构图意识、主体和背景的组合意识,而且为了避免局部拼凑、组装,还需要考生发挥较强的主观能动性,局部运用默写能力,从整体关系、构图布局上考虑取舍或者改动(但不能改变物件的数量),最终形成和谐的画面。

(五)历年试题

2002年

色彩静物写生:一个南瓜,四个西红柿,三个青椒,一个菜椒,一块白色衬布,一块深棕红色衬布。

时间:三个半小时。

画具和材料:1.水彩颜色;2.水粉颜色。

要求:考查考生对色彩的观察、感受和表达能力,以及对色彩关系、色彩规律的认识和写生能力。

评分标准:1.运用色彩塑造型体的能力;2.运用色彩整体组织和把握画面的能力;3.运用色彩的冷暖、补色关系和处理色彩对比关系的能力;4.画面整体与局部的把握能力;5.能较熟练运用工具、材料,并有较强的表现对象的能力。

2003年

图4.
《肖像》
龙虎

图5.
《武水清流》
郭绍纲

图6.
《橘子》
陈朝生

图7.
《微色风景之一》
范勃

色彩：三个青苹果，两个雪梨，篮子、白盘子、装有橙汁的高脚杯各一个，红色衬布、浅绿色衬布各一块。

2003 年

另一考点

题目：静物组合写生。

内容及要求：

1.考生将考场所提供的盛有啤酒的酒瓶、白色瓷盘、三个青苹果、两个雪梨及两块衬布按自己的组合方式构图写生。

2.静物组合关系合理，基本符合现场时空的光色关系。

工具：统一使用考场发的画纸，考生可自选水彩或水粉颜料作画。

时间：三个半小时。

2004 年

色彩：

给出实物：一个罐，一把葱，一条红萝卜，一个西红柿，一个碗，一个打开的鸡蛋，一块白布，一块蓝布，自由构图。

时间：三个半小时。

广州美术学院

地址：广州市海珠区昌岗东路 257 号

邮编：510260

电话：020－84017740

(六)考题实战点评

色彩考题：三个青苹果，两个雪梨，篮子、白盘子、装有橙汁的高脚杯各一个，红色衬布、浅绿色衬布各一块　作者：何光

作品点评：

　　作者用色彩表现了画面的空间及不同对象的质感，用笔生动活泼，特别是对两个雪梨、三个苹果的色彩所作的区分，成功地体现了色彩空间，橙汁的纯度也相应降低。

色彩考题：静物组合写生　作者：何光

作品点评：

　　作者能明确自己想要的是什么，在构图上表露出了自己的意图，在安排上做到了主体与其他物体之间的有序排列，活跃了画面气氛，对远景与近景都做了相应的处理(在蓝调子中，作者降低了红色衬布的纯度)，实体与空间的关系都表现出作者在构图知识上有一定的认识。

色彩考题：一个罐，一把葱，一条红萝卜，一个西红柿，一个碗，一个打开的鸡蛋，一块白布，一块蓝布，自由构图　作者：何光

作品点评：

作者注意画面的整体色调，把整幅画都统一在紫蓝调子里面，故意降低红萝卜和西红柿色彩纯度，下意识使它们服从整个画面的整体色调，这样既使画面安定又不失丰富，达到变化的统一。

色彩考题：一个罐，一把葱，一条红萝卜，一个西红柿，一个碗个打开的鸡蛋，一块白布，一块蓝布，自由构图　作者：何光

作品点评：

作者的笔法、色彩紧紧围绕着结构，以色带动块面，较主动地刻画开色彩浑厚，明暗虚实处理得好，在主次关系上，没有多余的语言。用笔一定的严谨性和生动感。

六、天津美术学院·考题分析

（一）天津美术学院概况

天津美术学院的办学历史溯源于1906年清朝天津女学事物处总理傅增湘创办的北洋女师范学堂，此后学院几易其名，于1980年改建为天津美术学院。目前，学院下设设计学院、造型学院和现代艺术学院三个分院。

（二）天津美术学院色彩教学主张

秦征（教授）：1955年参加中央美术学院马克西莫夫油画研究班，主张苏派色彩教学体系。认为只有对生活有了感性的认识后才动画笔。

张京生（教授）："博纳尔和维亚尔都是有唯美倾向的油画大师，其作品中的色彩关系、强度以及视觉的丰富感极好，每一幅作品不仅整体效果处理得精彩，而且每一小块细节都像宝石一样闪耀着熠熠光辉，让人站在画前久久不愿离去，这是我多年来未曾有过的感觉。……只要学的是具象样式类的油画，就必须从写生中获取宝贵的记忆，记忆实际上就是感性与理性的系统规律性的一种总结。……近10年来我的油画作品追求色彩的响亮、丰富和强的力度。"

孙建平（教授）："面对自然或生活，我的感受有时似柔水，有时似烈火，画画往往从这内心的冲动入手。……不管是景是人，对象只是抒发起伏跌宕的情感状态的媒介载体而已。"（孙建平《画家自叙》）"我喜欢使用松动的笔法、鲜活的色彩，利用色形错位以追求画面的'动感'，我觉得高亢嘹亮的色调能够调动人的情绪，同时我也愿意以轻松和谐的画面来抒写自己的激情和感觉。"（孙建平《锐化感觉——欧洲写生随感》）

郭振山（副教授）："要画好水粉静物写生，你首先应

图1.
《井冈山农田》
秦征

图2.
《窗前的向日葵》
张京生

图3.
《阳光明
媚多瑙河》
孙建平

该注意的是培养自己的色彩感觉能力，因为只有感觉到的东西，才能被准确地表现出来……脏、灰、粉、生等毛病……比如，把一块很漂亮的颜色，放到一幅很和谐的色彩画中去，也可能会显得脏。一块在这幅画中似乎看起来很暗很脏的颜色，放到另一幅画中却又显得十分漂亮。……任何有色物体也都存在于一定的空间之内，它们的色彩也必然与周围邻接的物体相互影响相互制约，从而形成一定的关系，这就是色彩关系。它的变化规律就是固有色与条件色的对立统一规律。……静物写生中，常可看到这样的现象，被描绘出来的苹果，由于过多地注重条件色对其固有色的影响，使本来颜色很鲜艳的苹果，画出来后给人的感觉很脏很烂。还有，在描绘物体时只注意其固有色，而忽视了条件色对它的影响，给人的感觉好像此物体不是放在这个特定环境的物体。……按照客观对象在一定条件下所形成的色彩关系进行描绘，也就是我们常说的画面是画关系，而不是画东西。"（郭振山《色彩感觉能力的培养》）

图4.
《青苹果
与白衬布》
郭振山

（三）天津美术学院的色彩标准

天津美术学院的教学是从学习苏派和借鉴吸收中央美术学院的教学经验基础上发展起来的，20世纪80年代以后从西欧艺术中受到启发，整合出新的教学内容，作品有色彩自由奔放、造型细腻厚重、集传统与现代于一体的特点。（实验性的色彩内容不在本书介绍范围）

图5.
《京白梨》
张世范

（四）考题分析

天津美术学院历年的考题出现了头像写生、静物写生、静物任意组合等题型，基本上都属于写生范畴。头像写生难度较大，需要形和色的能力更强，肤色的把握很见功夫。而静物写生、静物任意组合与头像写生一样，都注重观察方法的正确、画面的主次、空间、色调等，造型上虽然有难易之分，但是在色彩上的要求是相同的。

图6.
《太白行》
谭永跃

（五）历年试题

2001年以前

男青年头像写生。

2001年

图7.
《威尼斯》
孙建平

静物写生：一个啤酒瓶、一块褐色衬布、两个番茄、一个白盘子。

时间：三小时。

2001 年

另一考点

静物写生：一块衬布，香蕉三个，啤酒瓶一个，橘子、苹果、番茄各一个。

时间：三小时。

2003 年

色彩(任意组合)：两个胡萝卜，两个橘子，两个苹果，一个盛着橘子汁的高脚杯，啤酒一瓶，不锈钢勺子一把，衬布为油画用亚麻布一块。

时间：三小时。

2004 年

静物写生：浅蓝色衬布一块，酒瓶、白碟各一个，苹果约两个，刀一把，雪梨若干个，马蹄约六个。

2004 年

另一考点

静物写生：一个绿酒瓶，两个苹果，三个小西红柿，一块白布，一个透明杯装着清水，一个白盘，若干个橘子。

天津美术学院

地址：天津市河北区天纬路 4 号

邮编：300141

电话：022-16898100

色彩考题：男青年头像写生 作者：何

作品点评：

这张作品以对象的结构为主，围绕转折点刻画，但由于色调、色块到位，显得极有这得益于作者对结构判断的准确(从而做到以动色)，并对对象的表情作了精心的刻画。

色彩考题： 两个胡萝卜、两个橘子、两个苹果、一个盛着橘子汁的高脚杯、啤酒一瓶、不锈钢勺子一把、衬布为油画用亚麻布一块 **作者：刘晨煌**

作品点评：

　　该作品画面完整性强、色彩浑厚凝重、主次关系明确、笔法准确有力、形色到位、橘子和胡萝卜画得鲜艳明亮而又协调入画。

色彩考题：两个胡萝卜、两个橘子、两个苹果、一个盛着橘子汁的高脚杯、啤酒一瓶、不锈钢勺子一把、衬布为油画用亚麻布一块　**作者：**罗思德

作品点评：

　　作者色彩感觉极好，几块大色块和谐统一，对暖灰衬布处理比较松动，表现手法生动活泼、主次分明。

色彩考题：静物写生　**作者：**罗思德

作品点评：

　　该作品构图饱满、亮调子、形与色结合得很到位、大关系好、用笔规范、节奏感强、画面处理整体和谐。

色彩考题：色彩静物写生 作者：何光

作品点评：

　　作者从物象的冷暖来分析，然后从明暗加强方面去表现画面，对暗部的处理作者主要抓住投影的交界线来刻画，不仅使暗部色彩丰富而且有透明感，这样使得整个画面效果鲜明。

图1·
《雨后》
谌北新

七、西安美术学院·考题分析

(一)西安美术学院概况

西安美术学院创办于1949年,首任院长是贺龙元帅,其前身是由贺龙元帅创建并任第一任校长的西北军政大学艺术学院。

西安美术学院依托于十三朝古都的文化积淀,根植于淳朴的陕北民风,在这里孕育出了中国唯一的学院式画派——黄土画派,黄土画派将中国传统水墨与严格的西洋素描造型相结合,以陕北黄土地为生活基地,迅速崛起于中国画坛,几十年间,涌现出刘文西、杨晓阳、陈光建、王胜利等著名画家。

(二)西安美术学院色彩教学主张

谌北新(教授):1955年被选送中央美术学院马克西莫夫油画训练班深造。主张注重绘画的书写性与抒情性,努力寻求与表现中国书法的精髓和中西绘画的共通之处。谌北新的作品色彩绚丽、笔触生动。

图2·
《秋阳》
王胜利

王胜利(副院长、教务长、教授):"我一直认为中西绘画同理。就油画而言,其精神性寄语以'形''色'为核心,几百年的发展无非塑造语言和色彩语言的演变。现代诸流派也就是这两条路走下来的:塞尚、毕加索形一路;莫奈、康定斯基色一路。油画从古至今形的研究和色的研究形成了若干流派,也出现了无数大师。中国画的核心是笔墨,其笔墨之道学问很深,历代画论与大师语录远比西画体系规范成熟。这就是用中国传统精神来审视油画学问的本质,'楷书'、'草书'都要写出气韵来。"(王胜利《自述》)

吕智凯(副教授):"写生不可过分地强调真实,那会

图3·
《风景》
吕智凯

使作品变得淡而无味。……写生的生动性就在于具体的、有意味的表达，它需要概括和取舍，需要整理组合。因此要让细节从属于作品的整体，尽量抓住景物氛围的基调。……我常常在写生时，面对景物把它当做一幅作品去画。"（吕智凯《以色彩命名自然——关于风景、写生、水彩》）

图4.
《双色土崖之三》
崔国强

崔国强（副教授）："我常对学生讲，要学会以在飞机上看地球的眼光来看眼前的一切，同时又要求有从一个物体的局部看到一个大画面的能力，意在使学生在观察时尽可能有较大的主动性，树立整体的作画意识。……为了有利于最初写生时学生观察和把握色彩的整体关系，应尽可能选择一些颜色变化不太复杂、形体变化简单的大块的景物作为研究对象，先从几大块颜色入手……我认为作为写生色彩练习对于灰色调的研究应是最重要的一个课题，因为灰颜色无论从观察到表现都有着相当的难度。我们在写生时选择一些近似或同类色的景物，通过以它们之间色彩对比微妙差别的表现，反复练习，一方面可有效提高学生的调色技能，积累色彩经验，更重要的是可以很大程度上调动学生对色彩的感受力，使其色彩感觉更加细腻。"（崔国强《用自己的眼睛去看——关于基础教学中的油画风景写生》）

图5.
《塬》
郭榆生

图6.
《黄河子孙》
（局部）
刘文西

潘宁（教师）："……美术素质是什么呢？1.美术文化知识（其中包括丰富的人文知识及美术史论知识）。2.观察能力（是对被描绘的客观物体敏锐细致正确的观察能力）。3.思维能力（即指艺术形象思维和抽象的逻辑思维及各类逆向、扩散、聚合思维能力）。4.艺术表现能力（掌握形式多样的造型语言，并用这些语言来表达自己的思想情感）。5.审美能力（包括审美理想、审美情趣、审美境界与美感心理机制）。6.艺术创造能力（在艺术学习中的举一反三、触类旁通的能力及丰富的艺术想像力和探索新的表现形式的开拓能力）。"（潘宁《新世纪的美术素质教育》）

（三）西安美术学院的色彩标准

西安美术学院曾经创立了"黄土画派"（创始人：刘

图7.
《以土为生》
杨晓阳

文西），雄踞西北一方并推动着全国美术的发展。"黄土画派"注重深入生活，扎根黄土，作品造型客观，色彩朴实。这些都跟西安美术学院的教学实践紧密地结合在一起。新时期的作品体现出其教学积极吸收外来鲜活的审美经验并更新作画理念，具有一定的探索性和新鲜感，形成新老相衬的局面。

图8.
《沙发组画》
张晓京

（四）考题分析

从西安美术学院历年试题看，基本上是静物写生，没有出现偏题。一般情况下：构图、色调、形、质感表现得当，画面有明确的主次感，是一幅优秀考卷的起码要求，也是平常的训练准则。熟练自己的手头功夫，同时也是对以上意识的强化，才能避免画油、画腻了。

（五）历年试题

2000 年

色彩：静物写生。

要求：1.构图完整、塑造生动；2.色彩协调、色调明确；3.空间感、质感表现力强；4.冷暖虚实关系处理得当。

形式：写实。

时间：三小时。

2003 年

色彩静物写生：深红色罐子一个，高脚杯、白盘子、勺子各一个，面包三个，西红柿四个，胡罗卜三个，花菜一棵，白色、灰色衬布各一块。

时间：三小时。

2004 年

色彩静物写生：小西红柿十个，装着橙汁的高脚杯两杯，不锈钢水果刀一把，白碟子一个，梨子三个，一个 $\frac{1}{2}$ 的苹果，一个 $\frac{1}{4}$ 的苹果，一个红色苹果，一块青灰色衬布，一块白色衬布，一个黄褐色的啤酒瓶。

2005 年

色彩静物写生：白色衬布和绿色衬布各一块，啤酒

瓶一个，香蕉一串，玻璃杯(盛有啤酒)一个，白色碟子一

个，梨三个，橙子两个。

西安美术学院

地址：西安市含光南路 100 号

邮编：710065

电话：029-88222342

色彩考题：小西红柿十个，装着橙汁的高脚杯两杯，
钢水果刀一把，白碟子一个，梨子三个，一个 $\frac{1}{2}$ 的苹
一个 $\frac{1}{4}$ 的苹果，一个红色苹果，一块青灰色衬布，
白色衬布，一个黄褐色的啤酒瓶　作者：刘晨煌

作品点评：

　　作者对黄色梨子、红色苹果、橙红色小西红柿之间的色
度对比的利用，使画面充满一种强烈而又有变化的色彩效果
而使得整幅画面活泼、响亮。

色彩考题：静物写生　作者：刘晨煌

作品点评：

　　作者对物象的固有色把握得很准确，能用色彩来塑造型体，将对象刻画得生动、结实，从而准确地表现了对象。

色彩考题： 小西红柿十个，装着橙汁的高脚杯两杯，不锈钢水果刀一把，白碟子一个，梨子三个，一个 $\frac{1}{2}$ 的苹果，一个 $\frac{1}{4}$ 的苹果，一个红色苹果，一块青灰色衬布，一块白色衬布，一个黄褐色的啤酒瓶　　作者：刘晨煌

作品点评：

　　整幅画面处于冷灰色调当中，作者对画面中的各个物象都有意地降低了原物象的固有色，作者这样的处理使色彩稳定地适应在这个特定的色调当中，更使画面统一整体。

色彩考题：色彩静物写生　作者：刘晨煌

作品点评：

　　这张作品作者准确地把握了整体画面色彩的明度、纯度、倾向性、冷暖度的细微差异，较好地控制了画面的整体色调关系，使整幅作品达到了饱和、厚重、透气的效果。

八、湖北美术学院·考题分析

（一）湖北美术学院概况

湖北美术学院是我国华中地区最高美术学府。其前身是创立于1920年的武昌艺术专科学校，现为全国八所美术学院之一。湖北美术学院历史可以追溯到1902年4月由曾参加过辛亥革命的蒋兰圃先生以及唐义精、徐于衍等几位热心艺术教育事业的有志之士创办的武昌美术学院，首任校长蒋兰圃。

（二）湖北美术学院色彩教学主张

唐一禾：1930年赴法国，进入巴黎美术学院，师从法国新古典主义大师劳朗斯研习油画。主张法国新古典主义色彩体系。其绘画"能不囿成法，善用不同手法表现物象的形态神情"。

杨立光(教授)：师从唐一禾，主张法国新古典主义色彩体系。

郭正善(副教授)："……对色彩来说，红色就比蓝色重一些，明亮的色彩就比灰暗的色彩重一些，如果让一块白颜色与一块黑颜色达到平衡，黑颜色的面积就该大一些……之所以要追求平衡，乃是因为平衡本身是人所需要的东西……它能使人称心愉快……"(郭正善《图形平衡的利用》)

胡朝阳(副教授)："不同颜色不同质地的物体用色不能窜位，必须保持'纯'色彩独立的相貌。杯子就是杯子的颜色，衣服就是衣服的颜色，椅子就是椅子的颜色，否则空间质感顿时丧失，因为你混淆了视觉思维经验，从而混淆了人们的理解思维，和谐的视觉接纳受到了阻碍，你的画面所反映的就不是'协调'的色彩关系。有些学生误认为画面用色越丰富，画面越好看……事实上驾驭单

图1.
《女学生肖像》
唐一禾

图2.
《红纱巾》
杨立光

图3.
《静物》
郭正善

纯、适度的色彩表现才是哲人和智者的选择。……‘点彩派’虽然用丰富的色彩加以排列，以达到‘空间混合’的效果，它并不是我们所泛指的那种‘丰富’色彩。即使是这样，点彩派画法依然表现了自然界空间真实的经验。……个体色必须受环境色影响。环境色是色与色之间对峙过程中，一方妥协的‘杂色’现象，‘纯’色彩前提对它的理解是放在主体色调规律(冷暖规律)和题意要求之中的协调处理。……怎样理解色彩的准确性……我认为：绘画色彩的准确性就是画面色彩的协调性，也就是说‘把色彩画准’换成‘把色彩画协调’更准确。……由于色彩具有象征性，色调本身直接可叙说某个故事，传达一种信息或一种情绪。例如绿光下的食物会使人倒胃口，纯蓝色具有穿透力，属性是比较‘轻’……不易稳定……用红色调难以表现寂静的主题……”(胡朝阳《“纯”色彩问题——教学实验研究》)

图 4 .
《静物》
王涌

许海刚(副教授)：“印象派……对光和色进行了探讨……从事风景写生，很多作品都是在户外一气呵成的。……其风景画色彩明快、笔法简练……同学们要多看、多想、多画，对风景写生的作画步骤、表现技法等要有所了解。……画像对象往往不是我们的目的。……一幅好的风景写生作品往往是技术性与艺术性的统一体。……风景写生一定要画出感情，没有感情的作品是没有味道的，也是不可能引人入胜的。”(许海刚《不应退化的功能》)

图 5 .
《老人肖像》
魏正起

(三)湖北美术学院的色彩标准

湖北美术学院作品体现了经典、和谐的特点，有传统的教学体系的严谨性和印象派、现代派色彩的耐看性，在形的处理上，倾向于一种图形法则式的处理，而不是客观还原对象，画面更强调形和色的审美性和整体意味的情感化。

(四)考题分析

湖北美术学院近两年的考题有一个比较明显的特征，即以一些日常快餐用品为主要内容。同学们平时的训练面要广一点，对平时少画的内容要多留意、观察、默记、

图 6 .
《裸女》
刘寿祥

多作默画。这样真正考起试来不会胸有成竹，影响水平的充分发挥。虽然不同的物体色彩变化的道理是一样的，但是具体画起来还是有不一样的地方，而且一时半刻也会处理不好这些地方，因此除了聪明一点，还得多画一点。

（五）历年试题

1998 年

色彩静物写生：报纸、牛皮纸袋、可乐瓶、苹果、番茄、衬布。

1998 年

另一考点

色彩静物写生：多面体、苹果、餐刀、面包、玻璃杯、水果、陶罐、中黄色衬布。

时间：三个半小时。

2003 年

色彩静物写生：报纸一张，苹果两个，白盘子一个，巨无霸汉堡一个，可乐(插上吸管的)一杯，薯条、番茄酱各一包。

时间：三小时。

2004 年

色彩静物写生：桶装康师傅快餐面一桶、白色塑料叉子一个、配料三包、康师傅快餐面盒子半撕开、黄色牛皮纸一张、报纸一张、苹果两个、香蕉五个。

时间：三小时。

湖北美术学院

地址：武汉市武昌中山路 374 号

邮编：430060

电话：027－88862125

色彩考题：静物写生   作者：何光

作品点评：

　　在统一的色调中，几块不同的红色要在和谐中找到对比，要有整体的作画意识：画前看后、画后看前，避免总是"盯"住看，看不到整体。后面的物体相应的要画简要一点，充分表现前面形体的质感、形色关系。

色彩：静物写生　作者：何光

作品点评：

　　该作品色调浑厚，相近的几块红色处理得当，表现了不同的形体和质感，用笔流畅，画得轻松舒展。

色彩考题：静物写生　作者：何光

作品点评：

　　作者从各个静物之间的色彩冷暖关系中寻找变化，冷静地分析抓住主要的色调，使得各个静物之间既有对比又具有统一性，从而使整幅画具有色彩的丰富性，画面具有活跃性。

色彩考题：静物写生 作者：何光

作品点评：

画面整体体现了作者色彩感觉较好，色调统一，色彩变化细腻，几个相近色的物体处理得当，拉开了画面空间，整幅画生动具体，用笔轻松、随意。

九、清华大学美术学院·考题分析

（一）清华大学美术学院概况

1956年5月21日，国务院正式批准成立中央工艺美术学院。由中央美术学院华东分院实用美术系、中央美术学院实用美术系、清华大学营建系等主要教师及海外归来的专家组成学院师资的主体。1956年11月1日，在北京马神庙白堆子正式举行建院典礼(此日被定为院庆日)。经中华人民共和国教育部批准，1999年11月20日，中央工艺美术学院正式并入清华大学，更名为清华大学美术学院，目前是国内外具有一定影响的高等艺术设计的美术学院。

图1·
《簪花仕女图》
吴冠中

（二）清华大学美术学院色彩教学主张

吴冠中(教授)："……美与漂亮在造型艺术领域里确是两个完全不同的概念。漂亮一般是缘于渲染得细腻、柔和、光挺，或质地材料的贵重如金银、珠宝、翡翠、象牙等等；而美感之产生多半缘于形象结构或色彩组织的艺术效果。……你总不愿意穿极不合身的漂亮丝绸衣服吧，宁可穿粗布的大方合身的朴素服装，这说明美比漂亮的价值高。泥巴不漂亮，但塑成《收租院》或《农奴愤》是美的。……我有一回在绍兴田野写生，遇到一个小小的池塘，其间红萍绿藻，被一夜东风吹卷成极有韵律感的纹样，撒上厚薄不匀的油菜花，衬以深色的倒影，幽美意境令我神往，久久不肯离去。……翌晨，我急急忙忙背着画箱赶到那池塘边。天哪！一夜西风，摧毁了水面文章。还是那些红萍、绿藻、黄花……内容未改，但组织关系改变了，形式变了，失去了韵律感，失去了美感！我再也不想画了！……感觉中有一个极可贵的因素，就是错觉。……画家当然起码要具备描画物象的能力，但关键问题是能否敏锐地捕捉住对象的美。理，要求客

图2·
《行走的人之二》
石冲

观，纯客观；情，偏于自我感受，孕育着错觉。严格要求描写客观的训练并不就是通往艺术的道路，有时反而是歧途、迷途，甚至与艺术背道而驰！"（吴冠中《绘画的形式美》）

张仃(教授)："我坚持写生，并不主张照搬生活。写生过程，就是艺术创造过程，有取舍，有改造，有意匠经营，有意识地使感情移入，以意造境，达到'情景交融'。"（张仃《我与中国画——张仃谈艺录》）

袁运甫(教授)："上色……先画出主要的起决定作用的部分，以便于互相比较，突出前景并加强其色彩和明暗的对比。在画远景的时候，要推远它，减弱其色彩和明暗的对比。当然，在理解谁是决定作用的问题上往往还有两种看法，一种是从主体，或者是画面最吸引你的部分开始画；一种是从一主体有重大影响的背景、天空或其他部分开始画。但是，这两种习惯或者是两种方法的基本目的都是从整体的、主要的部分着手，从而更利于比较。其中，加强或减弱和深入刻画，都是从大处着眼的。……从整体出发，有感觉印象进而到分析理解，最后又要以总体感觉去检查调整。这过程应注意两点：首先是使细部服从整体，其次是把一些非主要的细部舍去，对物象质感最起作用的地方要精心刻画。……水粉画的色彩衔接也是重要的，最好是在潮湿时能有步骤地完成，倘若等干后再接色彩就比较麻烦。"（袁运甫《袁运甫谈水粉》）

陈丹青(教授)："画画的人如果平时对种种色彩不留心、没意见，或者留心而不细心、有意见而不独到，下笔时再来计较色彩，已经被动、难堪了。画家并非画画时才是画家，他随时随地无为而看，对一切都敏感。……怎样观察？怎样才能够敏感？……鲁迅先生用的办法就是'比较'：不善打扮，可以比较那会打扮的；色彩画不好，就去比较那好画中的好色彩。越会比较，就越会观察；越观察，自然就越精于比较。服装广告、色彩理论，都比不上，也代替不了自己的眼睛、自己的比较。……高考难。画画也难。其实，最最难的是保蓄珍贵的感觉，相信自己的眼睛。"（陈丹青《纽约琐记(下)·色彩与高考》）

忻东旺(副教授)："色彩与素描不能分开来理解……如果说色彩依靠感觉的话，那么调好一笔颜色放在什么位

图 3.
《家家都在花丛中》
袁运甫

图 4.
《江甫老农》
(局部)
陈丹青

图 5.
《边缘》
(局部)
忻东旺

置则需要素描的理解，就必须要考虑到形体的起伏转折和空间位置，否则就会造成'花'、'乱'等等现象。……运用色彩中的'冷暖'对比关系表现体积和空间的认识，价值在于它可以不依赖素描中的明暗因素，这样能够更主动地发挥色彩的表现力乃至油画的品位。不依赖素描中的明暗因素，并不意味着完全摆脱明暗因素，更不是摆脱素描。相反要对素描有更本质的理解，色彩除了冷暖关系之外还有纯度和明度的关系，这些都会涉及色彩的深浅问题，如何利用色彩这一因素要看画面中的需要。……我们只有同时看到素描和色彩，才能把握造型、把握油画。"(忻东旺《油画肖像课堂教程》)

(三)清华大学美术学院的色彩标准

由于中央工艺美术学院曾经由中央美术学院的一部分教师担任基础教学的主体，教学上沿袭中央美术学院，有着过得硬的造型基本功。随着时间的积累，教学上侧重厚重感和设计性的结合。清华大学美术学院于2000年1月建立绘画系和雕塑系，教学开始转向纯美术，由过去的设计性、装饰性色彩转向对绘画性色彩的重视。

(四)考题分析

清华大学美术学院的历年高考试题以色彩静物写生为主，从出现的题来看，基本上是平时经常训练的内容，偏题不多，可见最基本的写生能力是被重点考查的，注意，最基本的写生能力：1.心(状态)；2.眼(观察)；3.手(技术)。

(五)历年试题

1991年以前

水粉静物写生(各系通用题)：白色(或浅色)衬布一块作为背景，瓶一个(或罐，或其他立体物)、蔬菜三件(或水果)。

1991年

色彩(水粉或水彩)静物写生。

内容：白色衬布上放置方面包一块，可口可乐瓶一个，玻璃杯一个并倒入半杯可乐，一白色圆平盘中放入一去壳生鸡蛋，旁边还有两个红皮整鸡蛋和两个黄绿色苹果，不锈钢勺斜放在盘上。

要求：写实画法、构图完整、造型准确、色调和谐、注重质感。

1997 年

色彩静物写生：1.鲜花一束(以当地具有的中型浅中色花卉为主，配以小型花和适当的绿叶点缀)。2.用无色透明的黑底圈可口可乐瓶一个，剪去上部，撕掉商标作为插花用器。3.苹果一个，柑橘两个(中、小型)。4.白色衬布一块。

时间：三小时。

1998 年

色彩静物写生：一盘花、大纹样花布一块。

时间：三小时。

1999 年

色彩静物写生：画夹、颜色盒、调色盘、洗笔桶、画笔、锡管颜料、胶条带和塑料工具刀等。

时间：三小时。

2000 年

色彩静物写生：一瓶娃哈哈矿泉水(去标贴)，一个花卷，两个馒头(装于方便盒中)，一杯水装于一次性透明塑料杯中，半个青壳咸鸭蛋，一张报纸，一块奶白色衬布。

时间：三小时。

2002 年

色彩：根据所给黑白图像填色。画中女青年穿黄色外衣，手握绿色苹果。

2003 年

色彩静物写生：四个大西红柿、四个土豆、一纸杯(内有橘汁)，若干樱桃、背景衬布斜放一块蓝衬布。

2003 年

另一考点

色彩静物写生：白布、蓝印花布、小西红柿、大西红柿、土豆、白菜、装有橘汁的透明塑料杯。

2004 年

色彩静物写生：一盆花和水果、一块白布。

清华大学美术学院

地址：北京市朝阳区东环北路 34 号

邮编：100020

电话：010—65619723

（六）考题实战点评

色彩写生：一盆花和水果、一块白布　作者：覃月强

作品点评：

　　作者对黄色菊花刻画得比较深入、对红色苹果的刻画就相对比较概括，画面的主次关系就很明显地区分开了，这也便于互相比较、突出其色彩和明暗的对比，使整幅画充满一种强烈而又有变化的色彩效果。

水粉静物写生：白色（或浅色）衬布一块作为背景，瓶一个（或罐，或其他立体物）、蔬菜三件（或水果）　　作者：何光

作品点评：

　　灰色调是比较难处理的，在这里作者把红色的西瓜的色纯度降低，梨子的黄色纯度也降低，把雪梨的色彩处理得冷一些……作者能有意识地加强或减弱物象，都是从整体出发大处着眼的。

色彩写生：一盆花和水果、一块白布　作者：覃

作品点评：

　　看得出作者在构图上是用了一番心思的，对主体与物体之间的安排，有序的排列顺序，对远景衬布的处理，都使画面气氛活跃生动。

色彩写生：白布、蓝印花布、小西红柿、大西红柿、土豆、白菜、装有橘汁的透明塑料杯 　作者：覃月强
作品点评：

　　作者从环境色的冷暖来分析，然后从物体之间的色彩纯度去表现画面，对物体暗部的处理作者主要抓住物体背光的交界线来刻画，这样使暗部色彩丰富也有透明感。

色彩写生：白布、蓝印花布、小西红柿、大西红柿、土豆、白菜、装有橘汁的透明塑料杯　作者：覃月强

作品点评：

　　作者从物象之间的冷暖关系来分析，在色彩关系复杂的地方用色、用笔都很多彩，在物象关系弱的地方用色、用笔都比较单纯简洁，使得整个画面节奏感很强、效果鲜明。

十、其他院校考题

重庆大学人文艺术学院

内　　容：静物默写。蓝灰色衬布一块、深蓝色高花瓶一个(不插花)、浅灰色封皮精装字典一本(上有"英汉字典"字样)、水果五个(三个苹果、两个梨)、盛半杯果珍饮料(橘黄色)的高脚杯一个。

时　　间：三个半小时。

重庆商学院设计艺术学院

内　　容：静物默写。方凳上的三个绿苹果和两个红苹果。

时　　间：三小时。

郑州轻工业学院

内　　容：静物默写。褐色陶罐一个、白色陶瓷盘一个、玻璃杯一个、苹果三个、橘子两个、浅冷色衬布一块。

时　　间：三小时。

杭州师范学院

内　　容：静物默写。以盆花为主，两个柠檬、两块布、两本书、一个苹果。

时　　间：三小时。

江苏大学

内　　容：静物默写。一块布、几个苹果、一个白盘子、一个盛有葡萄酒的瓶子、一把刀。

时　　间：三小时。

北京服装学院

内　　容：静物默写。一瓶饮料、一个苹果、一个盘子里放有几片面包、一个碗内装有刚打入的去壳鲜鸡蛋、一个完整的鸡蛋、两块衬布，颜色自设。

时　　间：三小时。

中南民族学院

内　　容：静物默写。陶罐一个、橙汁半杯、水果若干个。

时　　间：三小时。

北京印刷学院

内　　容：静物默写。在规定的若干器物、瓜果、衬布中自选两种器物、三种瓜果、两种衬布，并按规定的色调组成静物画面。

时　　间：三小时。

天津师范大学

内　　容：静物写生。一个砂锅、一块湖蓝色布和一块淡黄色布、一个酒瓶、三个橘子、一个苹果。

时　　间：三小时。

天津轻工业学院

内　　容：静物默写。一块浅色布、两个橘子(其中一个被剥开)、一个陶罐、一个梨、一个白盘子。

时　　间：三小时。

上海出版印刷高等专科学校

内　　容：静物默写。几本书、苹果、白盘、刀、两块衬布，色调自控。

时　　间：四小时(包括命题设计考试)。

南京艺术学院

内　　容：静物默写。两块深浅不同的绿布、一个茶杯、三个苹果、两个梨、一个深色陶罐。

时　　间：三小时。

苏州大学艺术学院

内　　容：静物默写。一个黑色陶罐、三个黄梨、两个青苹果、一个装有棕色液体的透明杯、一块白色布、一块橘色布。

时　　间：三小时。

江西服装学院

内　　容：静物默写。一个深色罐子、三个苹果、一个梨、一块蓝色布。

时　　间：三小时。

南京艺术学院

内　容：默写。背景为白墙、白桌台、一个白色绿花茶壶、至少三个茶杯、五个苹果、一串葡萄、一把刀子。

中南林业学院

内　容：红布、白布各一块，黑陶罐、白碟各一个，苹果三个，雪梨两个。

武汉科技学院

内　容：默写。一个花瓶里面插有一束粉红色的花。一个平口杯，一个白色瓷盘里放置水果，一块灰色衬布，组成一个冷色调。

四川师范大学

内　容：写生。一张普通的展开的报纸上放着矿泉水一瓶，桶装大号方便面，土豆三个，红色火腿肠一根，鸡蛋两个，白色毛巾一条。

四川大学油画专业

内　容：白色布，紫色布，杯子装有有色液体，碟子、深红瓷瓶各一个，水果三种以上。

南京师范大学

内　容：默写。1.一块白色衬布；2.一块灰色的衬布(冷调)；3.半个切开的南瓜；4.三棵青菜；5.鸡蛋、西红柿、辣椒中的其中两样，数量不限；6.一个深色釉罐。

大连轻工学院

内　容：默写。一个紫红色罐子，一个白瓷盘，一个高脚杯，三个枣，三个苹果，一个梨，一块白色衬布和一块土红色衬布。

太原科技大学

内　容：默写一组冷调的静物，画面自己组织。

东华大学

内　容：默写所给物体。一个褐色罐子，一个白瓷盘，一个透明玻璃杯，一个削到一半的苹果，一个削好的苹果，三个鸭梨，一块浅灰色衬布。

湖南湘南学院

内　容：静物写生。一块白布，一块钴蓝色布，一个啤酒瓶，一个高脚玻璃杯里面装有可乐饮料，一个白碟里面有两个梨，一个苹果，一把水果刀，布上散落一个苹果、一个梨，还有一个砂锅。

郑州轻工业学院

内　容：三个苹果，两个橘子，若干个红枣，一个棕色罐子，一颗大白菜，一块普蓝色衬布组成的画面。

武汉理工大学

内　容：默写以不锈钢容器与透明玻璃杯子以及手机组成的一组静物，一块白色衬布。

湖南女子大学

内　容：写生。一个啤酒瓶，一个苹果，一个香蕉，一个透明玻璃杯，一块浅蓝色衬布，一块白色衬布。

首都师范大学

内　容：静物写生。一块米黄色衬布，一块白色的衬布，一个棕色酒瓶，两个红色的大辣椒，一个白色瓷盘上面放有两条黄瓜，两个苹果。

中国人民大学

内　容：一块紫色衬布和一块白色衬布，一个深色罐子，左边是一个白色瓷盘，上面有一串香蕉(四条)和一个苹果，一个梨；右边是一个苹果，前面有五个小西红柿。

重庆工商大学

内　容：图片移植，把图片所给的物体重新构图，画成一幅绘画性或装饰性的色彩。物体：一个印有蓝色花样的白瓷罐，一个瓷碗，一棵包菜，两个茄子，两个菜椒。

中南民族大学

内　容：用所给的陶罐一个，水果刀一把，自己再配上三个香蕉，一个苹果，四个葡萄，一个鸡蛋，一个盛有饮料的高脚杯，以及衬布一块，自由组合成一幅画。

十一、模拟题

（一）

人像写生： 男青年头像。

人像写生： 中年人头像。

人像写生： 老人头像。

人像写生： 青年半身(带手)像。

人像写生： 中年人或老人胸像。

（二）

人像写生： 男青年胸像。

人像写生： 男(或女)青年头像。

静物默写： 餐桌一角的静物。

静物默写： 窗前的静物。

静物写生： 窗前的静物。

静物默写： 特定光源下的静物。

静物默写： 不同色调的静物。

（三）

静物写生： 石膏像和静物组合。

静物写生＋默写： 石膏像和静物(默写)组合。

人像写生： 青年武警战士胸像。

人像写生： 武警战士半身(带手)像。

人像写生： 男(或女)青年胸像。

（四）

静物写生： 根据给出的黑白或者彩色照片写生(不能改变物品数量)。

静物写生＋默写： 给出衬布，默写主体物或给出主体物，默写衬布。

静物写生＋默写： 给出一部分物品，默写所规定的另一部分物品。

静物写生： 有手机、鼠标、光碟、扫描仪、摄像头、音箱的静物。

（五）

静物写生： 根据图片写生。

静物写生： 物品和衬布自由摆放，考生自主进行构图、写生。

静物写生＋默写： 给出一部分物品，默写所规定的另一部分物品。

（六）

人像写生： 中年人头像。

人像写生： 老人头像。

人像写生： 男(或女)青年胸像。

静物写生： 物品和衬布自由摆放，考生自主进行构图、写生。

（七）

静物写生： 瓜果瓢盘类。

静物写生： 日常用品类。

静物写生： 文具书报类。

静物写生： 蔬菜食品(包括包子馒头)类。

静物写生： 海鲜河鲜类。

静物写生： 花卉类。

静物写生： 瓶瓶罐罐类。

（八）

静物写生： 有报纸牛皮纸作背景的静物。

静物写生： 搓皱的报纸。

静物写生： 日常快餐用品或饮料为主体的静物。

（九）

静物写生： 以花卉为主体，陪衬物较少的静物。

静物写生： 以花卉为主的静物。

静物写生： 有包子、馒头或饺子的静物。

静物写生： 有鱼或虾或蟹的静物。

静物默写： 一条鱼。

十二、应试技巧

考生在学习和应考期间应注意：

1. 通过训练，提高自己对色彩感觉的敏感度。

2. 画面最终效果要形、色兼备(避免有形无色或有色无形)。

3. 写生和默写都要重视，风景、静物、人物都要接触。

4. 即使到考前前一天也不要停训练，要使自己在考场上也能像平时一样发挥。

5. 平时要经常清理调色盒，使各种颜料保持清洁，尤其避免纯颜色和黑色、白色上粘有别的颜色，这样会影响作画的调色过程，容易产生更多的脏颜色；最好准备两块调色板，一块调灰色(不必经常洗)，一块调纯色(经常洗)。

6. 不要在画面(即试卷)上签名。

7. 要掌握合理的作画步骤：第一个45分钟，构图，定调，快速铺色，趁湿衔接好基本的形体关系。第二个45分钟，刻画主体，拉开主次关系，注意：(1)切忌孤立观察，刻画某物时应该连同背景一起看；(2)避免平均对待。第三个45分钟，以调整为主再刻画一遍，注意收拾(如高光、罐口、杯盘的边缘)，留住漂亮的色彩，覆盖脏乱的色彩，全面完整地完成作品。有些学校考试时间是三个半或四个小时，这三个步骤可以更从容地进行。

十三、各大院校地址

中央美术学院
北京市朝阳区花家地南街 8 号
电话：010-64771056
邮编：100102

中国美术学院
杭州市南山路 218 号
电话：0571-16885100
邮编：310002

鲁迅美术学院
沈阳市和平区三好街 19 号
电话：024-23930043
邮编：110004

四川美术学院
重庆市九龙坡区黄桷坪正街 108 号
电话：023-68520038
邮编：400053

广州美术学院
广州市海珠区昌岗东路 257 号
电话：020-84017740
邮编：510260

天津美术学院
天津市河北区天纬路 4 号
电话：022-16898100
邮编：300141

西安美术学院
西安市含光南路 100 号
电话：029-88222342
邮编：710065

湖北美术学院
武汉市武昌中山路 374 号
电话：027-88862125
邮编：430060

清华大学美术学院
北京市朝阳区东环北路 34 号
电话：010-65619723
邮编：100020

中央戏剧学院
北京市东城区棉花胡同 39 号
电话：010-64040702
邮编：100710

北京电影学院
北京市海淀区西土城路 4 号
电话：010-62018899-379
邮编：100088

北京服装学院
北京市朝阳区和平街北口
电话：010-64218877-244
邮编：100029

北京印刷学院
北京市大兴区华北路 25 号
电话：010-61265545
邮编：102600

上海戏剧学院
上海市华山路 630 号
电话：021-62488077
邮编：200040

上海理工大学
上海市军工路 516 号
电话：021-65689673
邮编：200093

青岛大学
青岛市宁夏路 308 号
电话：0532-5954708
邮编：266071

南京艺术学院
南京市虎踞北路 15 号
电话：025-3312781
邮编：210013

湖南大学
长沙市岳麓山
电话：0731-8823560
邮编：410082

深圳大学
深圳市南山区
电话：0755-26536235
邮编：518060

广西师范大学
桂林市育才路 3 号
电话：0773-5818532
邮编：541004

广西艺术学院
南宁市教育路 7 号
电话：0771-5333095
邮编：530022

后 记

本书经过一年多时间的编写，终于和读者见面了。在编写过程中，为了使内容确凿丰厚，使广大读者朋友阅读更加直观明了、清晰深入，我在文字的组织，名家言论、图片的引用，试题的整理和作品的收集等方面做了大量的工作，得到了各方专家学者、师生朋友的大力支持和帮助，在此我一并表示深深的感谢。

本书引用的名家言论、图片主要出自中央美术学院院刊《美术研究》、中国美术学院院刊《新美术》、鲁迅美术学院院刊《美苑》、四川美术学院院刊《当代美术家》、广州美术学院院刊《美术学报》、天津美术学院院刊《北方美术》、西安美术学院院刊《西北美术》、湖北美术学院院刊《湖北美术学院学报》以及国内著名期刊《美术》、《中国油画》和《画廊》等书刊。

本书在编写中，难免有失误、遗漏或未预先知会于作者处，非属怠慢，实因编写时间仓促、事务繁忙，特此说明。此书的完成，首先应该感谢广西美术出版社，感谢两位编辑杨诚、吕海鹏先生的指点和鼎力帮助，感谢刘佳、韦小玮先生的热情支持，同时还应该感谢刘晨煌、周度其、雷波、苏剑雄、陈建国、罗斯德等先生慷慨提供作品。正是由于有这样的良师益友，才有了书中内容相当程度的丰富性，并得以如期呈现于读者面前。

本书言论，尽量贴近事实，客观陈述，如有偏差，只代表个人判断，不代表权威，希望读者朋友给予批评指正。

编著者：何光
2005 年 6 月